ma es
americana. Su
re es de Estados
dos y su madre
fricana. Su
ión es el circo.

Rajani es
Le encanta
sobre todo l ailes
tradicionales de su
país.

es
australiana. Monta
a caballo y sueña
con ser campeona
de equitación.

EL ENCUENTRO DE LAS KINRA

A Cédric.
A. C.

Primera edición: marzo de 2016

Título original: *La rencontre des Kinra Girls*

Adaptación del diseño y maquetación: Endoradisseny
Edición: Olga Portella Falcó y Iago Fernández González
Dirección editorial: Iolanda Batallé Prats

La Galera, SAU Editorial
Josep Pla, 95 – 08019 Barcelona
www.lagaleraeditorial.com
lagalera@lagaleraeditorial.com

Impreso en Limpergraf
Mogoda, 29-31 . Pol. Ind. Can Salvatella
08210 Barberà del Vallès

Depósito legal: B-249-2016
Impreso en la UE
ISBN: 978-84-246-5553-2

Queremos agradecer la participación en este proyecto a: M. Bellamy-Brown; C. Bleuze; M. Boucher; J.-L. Broust; S. Chaussade; A.-S. Congar; E. Duval; A. Le Bigot; B. Legendre; É. Leplat; V. Lhuillier; L. Maj; F. Malbert; K. Marigliano; A. Molac; L. Pasquini; C. Pelot; C. Schram; M. Seger; V. Sem; S. Tuovic; K. Van Wormhoudt; M.-F. Wolfsperger.

kinra girls

EL ENCUENTRO DE LAS KINRA

Traducción de Zulema Couso

laGalera

MOKA
ILUSTRACIONES ANNE CRESCI

LAS ENEMIGAS DE LAS KINRA GIRLS

Michelle

Ruby

Jennifer

LOS AMIGOS DE LAS KINRA GIRLS

Mickael

Johannis

Señor Meyer
el director

Señorita Daisy
ayudante del director

Emma
enfermera

LOS PROFESORES Y PROFESORAS

Señora Beckett
Inglès

Signora DellaTorre
Canto

Señora Jensen
Danza

Maestro Wang
Diseño

Señor Ramos
Guitarra

Señor Brown
Matemáticas

Señor Tremblay
Artes circenses

Rainer
Equitación

Todos somos diferentes,
todos excepcionales.

Proverbio arameo

Capítulo 1
El encuentro de las Kinra Girls

Rajani contempló el gigantesco castillo un tanto sorprendida. El edificio parecía muy antiguo aunque en el folleto que le habían enviado presumían del equipamiento ultramoderno de la Academia Internacional Bergström. Por el contrario, el parque era tal y como se lo había imaginado, con árboles majestuosos y un bonito césped.

Rajani miró a sus espaldas. Los alumnos, nuevos y veteranos, se apiñaban por entre los coches ar-

Capítulo 1

mando un feliz alboroto. Los chóferes descargaban las maletas.

–¡Por fin estoy en mi escuela! –pensó Rajani.

Llegar allí le había costado mucho esfuerzo. Había sacrificado un año entero trabajando sin descanso. Un año al ritmo de las evaluaciones escolares, de las clases de inglés por la tarde y de fines de semana dedicados a su arte. Todo para demostrarles a sus padres que su pasión por la danza era algo más que un simple capricho. Comparadas con el trabajo duro de preparación, las pruebas de la academia le habían parecido casi fáciles.

La espera de la carta de la escuela fue una tortura. Cuando Rajani recibió por fin la respuesta, lanzó tal grito de alegría que temblaron los cristales de la ventana. ¡Lo había conseguido! Pero Indira, su madre, le dijo que no podía ir. ¿Bailar? Menuda broma. Había decidido que Rajani debía estudiar medicina, como ella. Indira dejó que su hija rellenara los papeles de admisión, segura de que no la aceptarían en la academia Bergström. Creyó que sería una buena lección de vida descubrir que no siempre se puede conseguir lo que uno desea. La verdad era que no confiaba en el talento de Rajani. ¡Gran error! Desesperada, Rajani le suplicó a su padre, pero Iqbal Shankar no se atrevía nunca a contradecir a su mujer. Rajani metió la mano en el fondo de su mochila. Sí, ahí estaba, el pequeño mono de peluche que antes de marcharse le había regalado su abuela Karisma, a la que adoraba. Karisma se había enfadado mucho al enterarse de que Indira se negaba a que Rajani fuera a la academia. Fue casi un milagro cuando Indira por fin cedió. Al despedirse, para tener la última palabra, Indira declaró que su hija no duraría más de tres meses en la es-

cuela y que volvería a casa llorando. Rajani se juró que le demostraría lo equivocada que estaba. Sonó un silbato. Una mujer joven en vaqueros, con aspecto simpático, llamó a la calma.

–Buenos días, buenos días. Aquí nadie me llama señora, soy Daisy, la ayudante del señor Meyer, el director. Si tenéis algún problema, venid a hablar conmigo. Os recuerdo que las habitaciones son para dos estudiantes. Sé que los nuevos todavía no han tenido mucho tiempo para conocer a nadie pero os aconsejo que no tardéis en elegir con quién compartir una. De lo contrario, lo decidiré yo. Venga, venga. Aprovechad y conoceos.

Rajani sintió que el miedo se apoderaba de ella. ¡Se había olvidado por completo de que tenía que compartir habitación! En el autobús no había tenido suerte y acabó rodeada de chicos que no le dirigieron la palabra. Observó a un grupo de chicas claramente de segundo año. ¿Y esas otras? Puaj, parecían ser lo peor y, de todas formas, ya estaban en grupo. La mirada de Rajani se posó en una maleta cubierta de grandes pegatinas de colores en las que se podía leer: Kioto, Júpiter, París, Antártida, Tombuctú, casa de E. T., Moscú y Mumbai, una importante ciudad de la India, anteriormente conocida como Bombay. Los labios de Rajani exclamaron un «oh» de sorpresa. El cielo le enviaba una señal.

Rajani dejó a un lado su timidez y se acercó a una chica japonesa de aspecto un poco excéntrico. Juntó las palmas de sus manos y se inclinó ligeramente.

–*Namasté*[1] –dijo–. Me llamo Rajani Shankar y...

Señaló a la maleta.

1. *Namasté* (en hindi, uno de los idiomas de la India): «Me inclino ante ti», fórmula de respeto que significa «hola, adiós, bienvenido».

Capítulo 1

–¡Soy de ahí!

–¿De la Antártida?

–No –respondió Rajani tras dudar un segundo–. De Mumbai.

–¡Es broma! Yo soy Kumiko Matsuda. ¿Tienes compañera de habitación?

–No, pero justo estaba pensando...

–¡Bien! –la interrumpió Kumiko.

A Rajani le inquietaba un poco el lado brusco de la japonesa así que dudó. ¿Y si no se llevaban bien? Pero entonces Kumiko dijo las palabras mágicas.

–Qué fuerte que haya escrito Mumbai en la maleta. Podía haber escrito cualquier otro lugar. ¡Es una señal!

Rajani sonrió.

–Es lo que he pensado.

***

Unos minutos más tarde, Rajani se tiró sobre la cama. El largo viaje en avión, la espera interminable en la estación, el autobús, la emoción... estaba agotada. Por su parte, Kumiko parecía infatigable. Ya había ordenado sus cosas en el armario y llenado su estantería con montones de libros manga. Ahora se dedicaba a cubrir la pared con postales de Japón, fotos antiguas, reproducciones de cuadros, collages creados por ella misma y poemas.

–¿No estás cansada? –preguntó Rajani.

–He dormido en el avión.

–Yo no he podido, estaba demasiado nerviosa. Es la primera vez que salgo de la India. Es extraño.

Capítulo 1

–¿Dónde está? –murmuró Kumiko mientras buscaba en una de sus maletas.

Rajani se incorporó.

–¿Se te ha perdido algo?

Kumiko, cada vez más alterada, le dio la vuelta a la maleta y la sacudió. El suelo quedó cubierto de un montón de manoplas, medias, leggins y gorros. Rajani se echó a reír.

–¡Menuda colección de complementos!

–Los necesito todos. Quiero ser estilista para las grandes firmas de moda.

–Creía que habías venido a estudiar pintura.

–Sí, ese es mi drama. ¡Me gusta todo! La moda, el cine de animación, el diseño, la fotografía, la escultura, el manga, la poesía. ¡No sé qué elegir!

Lanzó una exclamación de alegría. Del montón, sacó una bola fabricada con tejidos multicolores con unas orejas enormes, cuatro patas de tamaño y colores diferentes y un mechón de pelo rosa, todo cosido con grueso hilo de lana. Se la enseñó orgullosa.

–La he hecho yo.

–Sí, ya lo veo –murmuró Rajani.

Al ver que Kumiko fruncía el ceño, Rajani se apresuró a añadir:

–¡Es muy original! Es...¿un gato? ¿Un ratón? Un...

–No es nada –respondió Kumiko.

Rajani asintió con la cabeza.

–Sí, a eso sí se parece. A nada.

–Es como el que tiene una mantita, pues yo tengo esto. Es un poco infantil pero...

Rajani le enseñó entonces su pequeño mono de peluche que había escondido bajo la almohada.

Capítulo 1

–¡Me encantan los monos! –exclamó Kumiko–. En mi país, Japón, creemos que espantan a los malos espíritus de la casa.

Rajani respondió que en la India el mono representa el alma y le explicó que su abuela Karisma se lo había dado antes de marcharse.

–«Si estás triste o te sientes sola, escucha a Atman y acuérdate de quién eres», me dijo mi abuela. Se llama Atman, que significa «alma».

–Espera, necesitamos un recuerdo de este momento –dijo Kumiko–. Nuestro primer día en la escuela y no sé dónde he metido mi cámara. Qué tonta, si la he visto hace un momento...

–Está en tu estantería.

Kumiko colocó la cámara sobre una silla y le dijo a Rajani que se sentara en el suelo. Tardó un rato en preparar el encuadre, puso el temporizador y corrió a sentarse junto a Rajani.

–Ven, ven, rápido.

Clic, foto. Las dos chicas reían a carcajadas, con un mono de peluche con cara feliz y una bola peluda que sonreía con las orejas porque no tenía boca.

Capítulo 2
Las otras chicas

No todos los aviones llegaron al mismo tiempo así que algunos alumnos tuvieron que pasar la noche en un albergue cerca de la estación, bajo el cuidado de la señora Beckett, la profesora de inglés de la academia. A la señora Beckett el papel de policía le quedaba perfecto: prohibido andar por los pasillos, prohibido salir al patio, prohibido que los chicos fueran a las habitaciones de las chicas y, sobre todo, prohibido molestarla. Hecha una bola sobre la

cama, Inés se frotaba los ojos hinchados. No había parado de llorar desde que soltó la mano de su madre en el aeropuerto de Sevilla, y la profesora no le proporcionaba demasiado consuelo. Inés se sentía perdida rodeada de las adolescentes de tercer año. Eran simpáticas pero tenían mejores cosas que hacer que secar las lágrimas de una chiquilla. Cotilleaban sin parar, contentas de poder contarse por fin lo que habían hecho durante las vacaciones y sus líos amorosos. Sacó su mp3 de la mochila. Un poco de música la animaría. Inés giró la cabeza cuando se abrió la puerta y apareció la señora Beckett seguida de una chica que tiraba de su enorme maleta con la lengua fuera.

–¡Bajad la voz, señoritas! –gritó la señora Beckett–. Se os oye a kilómetros de aquí. Tú, ¿cómo te llamabas? Ah, sí, Naïma. Queda un sitio en aquel rincón. La cena es a las siete, señoritas. ¡No perdono ningún retraso!

La señora Beckett salió de la habitación para ir a gritarles a otros. Inés observaba a Naïma con interés. La recién llegada parecía tener su misma edad.

–Hola –dijo Inés entre sollozos–. Hip. Perdón.

El rostro de Naïma se iluminó con una gran sonrisa. En ese momento, ocurrió algo extraño, solo les hizo falta una mirada para hacerse amigas. ¡Era como si se conocieran de siempre! Pero no se parecían en nada: la pequeña española era tímida y la estadounidense relajada. Naïma se acercó y se sentó tranquilamente junto a Inés.

–Uuuuuf, estoy muy cansada. ¡Pero el viaje en avión ha sido genial! He comido tres raciones. ¡Tres! Y el picoteo. Qué buenos estaban los pasteles. Pero lo mejor es estar por encima de las nubes y seguir al sol.

–Yo he pasado mucho miedo –comentó Inés–. He vomitado y después he llorado.

–¿No habías volado nunca en avión?

Inés negó con la cabeza.

–Yo tampoco. Pero hace tiempo que tenía ganas. Lo que pasa es que pensaba que mi primera vez sería para ir a África. Mi madre es de Benín y tengo muchas ganas de descubrir el país de mis antepasados. Algún día iré, cuando sea rica y famosa.

–Si la academia te ha elegido, hip, es porque

tienes talento –señaló Inés–. Es un buen comienzo, ¿no?

–Sí. Cuento con ser la payasa más famosa del mundo. O acróbata. O malabarista. Equilibrista, adiestradora de elefantes. O de pulgas. ¡Artista de circo de lo que sea! ¿Y tú? Espera, no me lo digas. Voy a usar mis poderes mágicos...

Naïma puso cara de concentración.

–Veo, veo... Líneas... Puntos negros...¿Qué puede ser? ¡Notas musicales! ¡Serás una gran música! Eres cantante.

Inés se quedó con la boca abierta y Naïma se echó a reír.

–También podría fingir ser adivina, ¿a que sí?

–¿Cómo, hip, lo has sabido? –balbuceó Inés.

Naïma señaló diferentes objetos.

–Reproductor de mp3, pastillas de miel para la garganta, la guitarra, ¡está chupado! No es difícil adivinar que lo tuyo es la música.

Una de las alumnas de tercer año vino a buscarlas para avisarlas de que era hora de bajar a cenar. Naïma se alegró. Siempre tenía hambre.

Capítulo 3
Una chica perdida en el aeropuerto

Se oyó un grito de rabia en el aeropuerto de Bangkok, en Tailandia. Todo el mundo se dio la vuelta. Bajo la pantalla que acababa de indicar una larga lista de «vuelos retrasados», una chica rubia estaba muy enfadada. La azafata que estaba a su lado le puso una mano en el hombro.

–Ya te lo había dicho, Alexa. No cambiaría nada esperar a que anunciaran el vuelo.

–Pero aún tenía esperanzas... ¡No me lo puedo

creer! ¡El día más importante de mi vida y me lo voy a perder! Me quiero morir.

–Venga, venga, no te pongas dramática. Es un caso de fuerza mayor, estoy segura de que en tu nuevo colegio lo entenderán.

–¿Por qué me pasa esto a mí? –se quejó Alexa.

–Es muy mala suerte –admitió la azafata–. Pero no te preocupes, he visto la previsión meteorológica y la tormenta pasará en seis o siete horas.

–¡Siete! –repitió Alexa–. Es una pesadilla.

–No sirve de nada que te quedes ahí plantada. Ven conmigo. Tenemos una sala reservada para los menores no acompañados. Allí estarás segura y te prometo que nos ocuparemos de ti como si fueras la reina de Inglaterra. ¿Te apetece comer algo caliente? ¿O prefieres descansar? También podemos ponerte una película. ¿Qué prefieres?

–Volver a Australia –respondió Alexa, muy desanimada.

Capítulo 3

La azafata la cogió delicadamente por el brazo y la llevó a una zona prohibida a los pasajeros donde le sirvieron una comida deliciosa que Alexa no apreció.

–Necesito un abrazo para subirme la moral –dijo–. Pero no os preocupéis, tengo la solución.

Alexa rebuscó en su mochila y sacó un peluche rosa, un caballo alado.

–¿Es tu peluche?

–Sí, se llama Coconut[2]. ¡Huele!

Alexa pegó el peluche a la nariz de la azafata, que dio un paso atrás con una mueca.

–Ya lo sé –dijo Alexa–. Apesta. Cuando era pequeña, mi madre corría todo el rato detrás de mí para ponerme crema solar. El sol es muy peligroso en mi país. Así que yo pensé que a mi pobre caballo le iba a dar una insolación porque tiene la piel ro-

2. *Coconut*, «coco» en inglés.

sa. Vacié todos los botes de crema con olor a coco en el lavabo y metí dentro a Pegaso. Creo que mi madre lo lavó unas mil veces pero no funcionó. Desde entonces, apesta a coco.

A la azafata le hizo mucha gracia la historia. Alexa apretó a Coconut contra su pecho.

–¿Y si no hay nadie para recogerme cuando llegue? –exclamó de repente.

–Para eso se ha inventado el teléfono –respondió la azafata–. Vamos a avisar a tus padres.

–No, no, a mis padres no. A papá ya no le hacía ni pizca de gracia que fuera yo sola en avión. Si se entera de que hay una tormenta, es capaz de venir a buscarme con el *River Princess*.

Alexa le explicó que su padre era capitán de un barco, el *River Princess*, que navegaba por el río Adelaida en Australia. Llevaba a los turistas curiosos que querían ver saltar a los cocodrilos marinos. Sí, no se había equivocado, saltar. Era una especialidad australiana que consistía en atraer a los cocodrilos con trozos de carne como cebo, para que se propulsaran fuera del agua, cogieran la carne y se la comieran.

–Cuando ves un monstruo de cinco metros salir despedido del agua, te juro que se te hiela la sangre –añadió Alexa.

–No lo dudo. ¿Tienes el teléfono de la escuela?

Alexa asintió. Sacó una carpeta de la mochila y le enseñó las hojas cuidadosamente ordenadas en fundas de plástico.

–Esto es cosa de mi madre –se rio–. Lo tiene todo pensado. Una página para cada posible situación que pueda producirse. Mira: indigestión, alergias, dolor de cabeza, etc. Y aquí la persona con quien contactar, el hospital más cercano a la escuela... Me fastidia un poco, la verdad. ¡Hasta hay un procedimiento a seguir en caso de incendio! Pero nada sobre los pobres viajeros atrapados en Bangkok.

–¿Tu familia es la de las fotos? –preguntó la azafata.

–Sí. Mi padre, mi madre y mi hermano. Y mi caballo, Belize. Es al que más voy a echar de menos... Aquí está el número de la escuela.

La azafata miró la hora e hizo un cálculo rápido.

–Si llamo ahora despertaré a alguien –comentó–. Con la diferencia horaria, allí es de noche. Ahora vuelvo.

Para entretenerse mientras esperaba, Alexa garabateó algunas caras de muñecos en la cubierta de su carpeta. Sonrió al admirar su obra. Había que ser muy listo para entender el significado de su dibujo...

La azafata volvió tras hablar con el director de la academia. Ningún problema. Su ayudante iría a buscar a Alexa al aeropuerto. Por desgracia, también había una mala noticia. El viento había cambiado de dirección y ningún avión estaba autorizado a despegar durante al menos diez horas.

Alexa se desplomó sobre el sofá y suspiró. Pero se incorporó rápidamente. No. Ella no era de las

que se desanimaban a la primera dificultad, por eso había escrito en grandes letras debajo de su escritorio:

«Cambia lo que puedas cambiar.

Acepta lo que no puedas cambiar».

Cuando no se puede, no se puede. Y ya está.

Capítulo 4
¡Bienvenidos a la academia!

Inés y Naïma no habían dormido mucho en el albergue. Se pasaron la noche charlando hasta que las chicas de su dormitorio les pidieron que se callaran. Apenas se conocían, no tenían nada en común, pero sentían que eran como hermanas. La voz de Inés era una dulce música que encantaba a Naïma. Qué bien hablaba la pequeña española de las casas blancas de Andalucía en las que se reflejaba el sol, de las naranjas con sabor a miel, de los burros con sus pompones multicolores, de las fuentes en los jardines de los palacios. Para Naïma, que vivía en Nueva York, España sonaba como un reino de cuento de hadas. Inés se divertía con las historias de familia que le contaba su nueva amiga. Naïma tenía cuatro hermanos pequeños, maestros de travesuras de todo tipo. Erzulie, su madre, se reía cuando les regañaba y los llamaba «chicos catástrofe». «¡Chicos catástrofe, a la ducha!». Cuando el sueño por fin se apoderó de ellas, Inés y Naïma estaban contentas, se durmieron con una sonrisa en los labios.

Su autobús fue el último en llegar a la academia. Naïma abrió los ojos de par en par. Nunca había visto un lugar igual.

–Voy a vivir en un castillo –murmuró.

La señorita Daisy se presentó y les pidió que guardaran silencio. Los alumnos que ya habían llegado seguían descansando. Todo el mundo estaba cansado así que las clases empezarían al día siguien-

te para que todos tuvieran tiempo de recuperarse. A Naïma le costaba controlar su entusiasmo. Todo le parecía sublime, hasta los azulejos. Aquel lugar era tan... grande. La habitación le provocó tal estado de excitación que Inés tenía miedo de que le diera un ataque cardíaco.

–¡No lo entiendes! –le explicó Naïma–. Nunca he tenido habitación para mí. En casa, duermo en el sofá del salón. Aquí voy a tener cama, escritorio y eso...

La sorpresa la dejó sin palabras. Acababa de abrir la puerta de lo que creía ser un armario.

–Es el cuarto de baño –comentó Inés.

–¿Solo para las dos? –preguntó Naïma, incrédula.

–¿No has leído el dosier de admisión?

–Sí. No, bueno, no la parte del internado. No me importaba esa parte, solo lo que voy a aprender aquí.

Naïma se dejó caer sobre una silla y se echó a reír.

–Silencio –le dijo Inés–. La señorita Daisy nos ha dicho que no hagamos ruido.

–Tengo ganas de ir a pasear por el parque. Hace muy buen día.

–¿Nos dejan salir?

–No estamos en una cárcel. Además, he visto a algunas chicas tumbadas en el césped. ¿No te has dado cuenta?

–No. Pero tenemos que ordenar nuestras cosas.

Según Naïma, eso significaba meterlo todo de golpe en el armario. Se frotó las manos como diciendo «listo» y se dio la vuelta, pero lo que vio la dejó con la boca abierta. Inés desplegaba su ropa para después volverla a doblar antes de colocarla con cuidado en la estantería. A ese ritmo, tardaría varias horas. Naïma vio algo en el fondo de la maleta, cuidadosamente envuelto en una toalla.

–¿Qué es eso?

–Mi muñeca –respondió Inés–. ¡Cuidado, no es un juguete!

Naïma lanzó un grito de sorpresa cuando Inés desenrolló la toalla. La muñeca llevaba un vestido de sevillanas, largo y rojo, con volantes, un chal bordado sobre los hombros y las indispensables castañuelas. El moño estaba adornado con una gran flor blanca.

–Los puntos del vestido se llaman lunares. De hecho, en Andalucía las mujeres se visten así. Pero solo durante las fiestas, o para bailar flamenco.

Una sombra nubló la expresión de Inés. Su padre le había regalado la muñeca cuando tenía seis años, unos meses antes de que se fuera de casa.

Llamaba en Navidad y le mandaba una postal por su cumpleaños, pero lo veía en contadas ocasiones.

–Así tengo algo de mi país –dijo.

–¿Vas a llorar otra vez? –preguntó Naïma, inquieta.

Inés sacudió la cabeza.

–No, no. Se han acabado las lágrimas, lo juro. ¿Y tú? ¿Te has traído algo de Nueva York?

–Un muñecote, ¿cuenta?

–¡Claro! Enséñamelo.

Naïma rebuscó en su armario y sacó... un calcetín largo con rayas de color verde y rosa. Inés arqueó una ceja.

–La señora Calcetín –declaró Naïma, solemnemente–. Su hermana gemela sufrió un trágico accidente en la lavadora. Hirvió por error con la ropa blanca. Se encogió y quedó toda deformada. Mi madre no se lo tomó muy bien, había manchas de color en las sábanas. Me encantaban esos calcetines y me puse muy triste. Y entonces se me ocurrió la idea de quedarme con el calcetín superviviente y convertirlo en mi confidente.

Naïma metió el brazo en el calcetín. Colocó los dedos en la punta y el pulgar en el talón. Agudizó la voz.

–Hola, soy la señora Calcetín y conozco todos los secretos de Naïma. ¿Quieres ser su amiga?

–¡Sí! Es una locura pero, cuando mueves la mano, parece que hable de verdad.

–¿Por qué estás doblando tu ropa otra vez? –preguntó la señora Calcetín–. Es una tontería.

–No exageres –respondió Inés.

–Siempre digo la verdad.

Inés fingió estar enfadada pero la señora Calcetín era demasiado graciosa. Se sobresaltó al escuchar un timbre alegre en el pasillo.

–¿Qué pasa? –se alarmó Inés.

–¡El desayuno! –gritó Naïma–. ¡Qué bien! Me muero de hambre.

***

En el comedor, Naïma cogió un yogur y una ensalada de fruta y después miró a su alrededor. Inés, indecisa, dudaba entre una manzana o algo de queso.

–Hay sitio allí –indicó Naïma–. Cuando te decidas, ven.

Mientras cruzaba el comedor, observaba al resto de alumnos. Al pasar, iba escuchando trozos de conversación. «¿De dónde eres? Tendría que haber cogido patatas fritas... ¿Qué tal han ido las vacaciones?». Naïma se detuvo delante de una mesa a la que se habían sentado tres chicas. Una de ellas, rubia con maquillaje en los ojos, la miró de arriba abajo.

–Está ocupado.

–¿Sí? No pasa nada –respondió Naïma.

Se dio media vuelta para ir a buscar otro sitio pero antes de alejarse lo suficiente escuchó lo que decían a sus espaldas.

–¿Por qué le has dicho eso, Ruby? No estamos esperando a nadie.

–¿Has visto la ropa que lleva, Michelle? Aquí aceptan a cualquiera.

Naïma se mordió la lengua. Por una vez, se tranquilizó y mantuvo la calma. No quería buscarse problemas por una plasta que no merecía la pena. Se dirigió hacia otra mesa en la que solo había dos chicos que parecían estar pasándolo muy bien. El más joven se levantó de un salto, se inclinó solemnemente y apartó una silla vacía.

–Señorita, es un honor. ¿La princesa de ojos verdes viene contigo?

Inés, que acababa de llegar, se puso como un tomate.

–¡Mickael! No las hagas sentirse incómodas. Ni caso. Hola, soy Johannis. No quiero parecer arrogante pero soy un genio.

–Solo en matemáticas –añadió Mickael–. El resto se le da fatal.

–Dice el bufón que solo sabe contar hasta tres –respondió Johannis.

–¿De qué me sirven el cuatro y el cinco? Soy mago, solo necesito uno, dos, tres, abracadabra.

–¿Mago? ¿En serio? –preguntó Naïma, alegre.

–En serio. Hablando del tema, necesito una ayudante. ¿Le gustaría a la princesa que la ate, la meta en una caja y la corte con una sierra?

–No, gracias –respondió Inés.

El desayuno pasó con alegría. Mickael y Johannis

se metían el uno con el otro sin parar, pero estaba claro que eran muy buenos amigos. Naïma lo pasó muy bien en su compañía. Inés se conformaba con escuchar, lo que no le impedía reírse a menudo.

La señorita Daisy, armada con su silbato, apareció en el comedor. Guiado por un magnífico labrador negro, un hombre con el pelo gris se presentó a su lado. Era ciego. Se hizo el silencio.

–Buenos días. Soy el señor Meyer, vuestro di-

rector. No os preocupéis, no os voy a aburrir con un largo discurso. Sin embargo, tengo que hablaros de alguien muy importante, Frederik Bergström. Nació en Suecia en 1926, en una familia pobre de campesinos. Pero resulta que Frederik tenía un don increíble...

El señor Meyer hizo una pausa y sonrió.

–¡Un don para los negocios! Se hizo muy rico. En lugar de comprar mansiones, coches o aviones, creó una fundación. Envió a personas por todo el mundo en busca de niños y niñas extraordinarios. Niños y niñas como vosotros. Por eso os hemos elegido de entre miles de candidatos. No ha sido por nada, vuestra presencia aquí se debe a vuestro trabajo, a vuestra determinación y a vuestro talento.

Se detuvo unos segundos y después añadió:

–¡Bienvenidos a la Academia Internacional Bergström!

Capítulo 5
Profesores muy diferentes

Las clases no empezaban de verdad hasta el día siguiente, para que todos pudieran descansar. Mientras tanto, se reunieron con su tutor. Kumiko conoció al maestro Wang, un famoso pintor chino que decidió consagrar su vida a formar a futuros artistas. El maestro Wang era un anciano señor de setenta años, con una educación exquisita, que siempre estaba de buen humor. Llamaba a los alumnos «sus discípulos» y los trataba con respeto. A diferencia de otros profesores, el maestro Wang no puso a sus alumnos a trabajar enseguida. Les ofreció un chocolate caliente y galletitas.

–*Jianke ru weike, qingren hai ziqing*–dijo el maestro Wang–. Recibimos a un invitado como si fuera uno mismo. Si despreciamos a alguien, nos despreciamos a nosotros mismos.

Kumiko recibió su primera lección sin darse cuenta durante la merienda. Porque, a través de una conversación amistosa, el maestro Wang hizo que sus discípulos miraran cada objeto, hasta el más ordinario, como algo digno de interés. Una pequeña hoja de bambú pintada con un gesto vivo se convertía en una obra de arte. Una hormiga minúscula dibujada a lápiz se transformaba en una declaración de amor a toda la naturaleza. La cima de una montaña surgía entre las nubes, la poesía del mundo en una simple hoja de papel de arroz.

Capítulo 5

Cuando Kumiko salió de la sala de estudio le brillaban los ojos. Tenía muchas ganas de ver a Rajani y hablarle de aquel hombre extraordinario. Por su parte, su amiga vivía una experiencia totalmente diferente...

La señora Jensen había sido la estrella del Ballet Real danés. Bajo una dulzura aparente, la señora Jensen era dura. Les dijo a sus alumnos que, por turnos, bailaran lo que quisieran. Uno de los chicos de la clase se lanzó a interpretar un rock acrobático que dejó a la señora Jensen perpleja. Sin embargo, apreció su entusiasmo y su sentido del ritmo.

Ruby Prentice subió a la tarima con un tutú precioso y un moño impecable con horquillas doradas. La señora Jensen puso mala cara. Durante las clases, no debíamos ir vestidos como si esuviéramos en escena. Ruby puso el CD. Rajani reconoció *El lago de los cisnes* de Tchaikovsky. Ruby se atrevía a empezar con una pieza de ballet muy difícil. Desde el principio, resultó evidente que Ruby tenía mucho talento. Rajani se sintió fatal. Nunca llegaría a bailar así. Observó a la señora Jensen discretamente, quien asentía con la cabeza a modo de aprobación. Rajani suspiró. Le quedaba un largo camino por recorrer hasta llegar al nivel de Ruby.

–Gracias, señorita Prentice –dijo la señora Jensen al final de la demostración–. Excelente técnica. Estupendo encadenamiento de los pasos, sin dificultad, sin errores... Verdaderamente perfecto.

Ruby sonrió, satisfecha. Estaba acostumbrada a recibir elogios. Normal, ¡era la mejor! Pero entonces el veredicto cambió.

–Pero no me gusta.

Rajani, asombrada, miró a la profesora. La sonrisa de Ruby desapareció.

Capítulo 5

–¿Có... cómo? –balbuceó.

–Está muy bien tener buena técnica. Es indispensable. El problema es que no es más que eso, señorita Prentice. Has elegido la muerte del cisne. ¿Qué crees que quiere expresar la coreografía?

Ruby se encogió de hombros.

–Su muerte.

La señora Jensen les hizo la misma pregunta a los demás alumnos. Como nadie habló, Rajani respondió.

–Dolor. La princesa cisne muere de pena porque ha perdido a su amor.

–Muchas gracias, señorita Shankar. ¿Has visto el sufrimiento en la cara del cisne? Yo, no. ¿Te ha conmovido la tristeza infinita de cada uno de sus gestos? A mí, no. Por una razón. No había sentimiento entre tanta perfección, señorita Prentice. No cuenta solo el cuerpo. ¡Quiero ver tu alma!

La señora Jensen miró a Rajani y le pidió que

se preparara. ¡Qué difícil bailar después de aquella lección! Rajani había elegido el género con el que se sentía más cómoda, el *bharatanatyam,* uno de los bailes indios tradicionales. Dejándose llevar por la dulce melodía del sitar[3], encadenó movimientos increíblemente elaborados con soltura y vitalidad.

3. Sitar: instrumento musical de cuerda indio que se parece a una guitarra.

Capítulo 5

Cuando bailaba, Rajani dejaba la realidad y entraba en el mundo de las leyendas de su país. A través de los gráciles movimientos de sus manos conta-

ba una historia, la de Nala y su esposa Damayanti. Nala, hechizada por Hali, el genio del mal, erraba por el bosque... Damayanti, desesperada, se había refugiado en el palacio de su padre. A la hora en que el sol se esconde, se escuchó un canto en el jardín. «Pájaro de la noche y estrellas, consolad al alma afligida que se va sola, triste y enamorada, y que busca en vano a su amor».

Damayanti reconoció a Nala por la voz. Se lanzó a su cuello y el encantamiento se rompió.

Rajani cerró los brazos. Reinaba un imponente silencio en la sala. Todos, incluso Ruby, habían sido transportados a otro lugar.

La señora Jensen se aclaró la garganta.

–Eso es lo que quería ver –dijo–. Ese es el espíritu, el alma.

***

Capítulo 5

Mientras tanto, Inés asistía a su primera clase de canto. La signora Bianca della Torre no se correspondía en absoluto con la idea de una cantante. Estaba delgada como un palillo pero las paredes temblaban cuando cantaba ópera. Aunque, en aquel preciso momento, eran los alumnos los que temblaban. La Signora apoyó el puño entre los omoplatos de Inés.

—Ponte derecha. Otra vez.

El pianista asintió y tocó una serie de acordes. Inés empezó de nuevo con el difícil ejercicio de escalas. La signora Della Torre volvió a interrumpir.

—¡Mentón arriba! Los brazos junto al cuerpo.

A punto de sufrir un ataque de pánico, Inés tragó saliva y tosió. La profesora daba golpes impacientemente sobre la superficie del piano. Roja hasta las orejas, Inés se lanzó y subió hasta el do.

–Se respira con el estómago. ¡Aquí!

La Signora puso la palma de la mano sobre las costillas de Inés.

–Quiero notar cómo hinchas el estómago. Venga, inténtalo.

Un gallo, una nota desafinada. Inés, aterrorizada, buscó consuelo en la mirada del comprensivo pianista e inclinó la cabeza, triste.

–¿Otra vez? –preguntó.

–No tenemos tiempo que perder –respondió la Signora–. Siguiente.

Inés se esforzó tanto por no llorar que no se dio cuenta de que sus compañeros pasaban también por aquella tortura. Aquella mujer le parecía odiosa y cruel. Pero se equivocaba. La signora Della

Capítulo 5

Torre simplemente tenía un método especial de enseñanza. Sus chicos tenían talento pero, por desgracia, lo sabían. Llegaban convencidos de que no les quedaba nada que aprender y ya se imaginaban siendo estrellas de la tele. Aunque la realidad era que su talento se desperdiciaba debido a malas costumbres, manías ridículas y mucha insolencia. Bianca borró sus ilusiones de un plumazo. Así se presentarían a la siguiente clase sabiendo que estaban allí para trabajar y descubrirían que la Signora no era un dragón dispuesto a devorarles. Pero en aquel momento Inés aún no lo sabía. Salió de clase tan alterada que se perdió por los pasillos. Cuando por fin encontró la escalera, no pudo bajar los escalones de lo mucho que le temblaban las piernas, así que se sentó en el primer escalón. Necesitaba a Naïma. Inés se agarró a los barrotes, se puso de pie y fue en busca de su amiga. Los alumnos, un tanto alterados, salían de clase a empujones. Inés no reconocía a nadie y no había ni rastro de Naïma, ya que no estaba en el edificio.

Se encontraba detrás de la escuela donde habían montado una carpa. ¡Un circo de verdad! Naïma explotó de felicidad. Una pista redonda, gradas, trapecios. Era increíble.

–¡Genial! –gritó Mickael mientras revisaba el material–. Un baúl de la India. ¿Lo conoces? Es un clásico.

–Tiene doble fondo –respondió Naïma–. Demasiado fácil.

–Es la manipulación y la puesta en escena lo que hace que un mago sea el mejor.

Mickael cogió tres bolas de la caja de accesorios y se puso a hacer malabares. Una de las bolas desapareció.

–¡No está mal! ¿Dónde la has escondido?

La bola reapareció entre el índice y el anular

del chico. Naïma aplaudió. Mickael era muy hábil. Alguien apartó el telón rojo que cubría los bastidores y Naïma abrió los ojos como platos. Un hombre se acercaba por la pista con un loro gris de Gabón sobre el hombro.

–¡Buenos días! Soy el señor Tremblay.

–¡Buenos días! Yo soy Bob –dijo el loro.

Los alumnos rieron. Bob los miraba con expresión seria.

–Hola, yo soy Mickael.

–Mickael –repitió Bob.

Después de Mickael, todo el mundo intentó que el loro repitiera su nombre. Pero Bob no estaba dispuesto a seguirles el juego. El señor Tremblay puso fin al alboroto y les preguntó a cada uno cuál era su especialidad. Después, les explicó que era importante ser un artista completo.

Aunque quisieran ser un payaso, había que aprender equilibrismo. Un prestidigitador acróbata era original.

–En el circo, es raro que podamos dirigirnos al público. Por eso, mi primera clase será sobre mimo. Tenéis que aprender a expresaros sin palabras. Vuestro público será Bob. Arregláoslas como podáis para hacerle entender lo que hay dentro del baúl. Pero, atención. Está prohibido decir ni una palabra.

El ejercicio resultó ser imposible. Ya podían gesticular, señalar el cofre con el dedo, abrir y cerrar la tapa, poner caras... Bob no movía ni una pluma.

–¡Es imposible! –se quejó Naïma.

El señor Tremblay sonreía, divertido. Colocó a Bob en su palo, se acercó al baúl, se sentó dentro y extendió los brazos. Justo en ese momento, el loro voló hacia él.

–¡*Voilà*! Bob está en el baúl.

–¡Eso es trampa! –se quejó uno de los alumnos.

–No –respondió el señor Tremblay–. Es una demostración de lo que os decía antes. Creíais que iba a hacer mimo pero habéis sido testigos de un número de adiestramiento. De hecho, he realizado los dos al mismo tiempo. Sorprender a los espectadores significa ganarse su corazón.

–Mickael, guapo –gritó Bob.

–¡Oh! –dijo el señor Tremblay–. Me parece que Bob ha decidido hacer un nuevo amigo.

Mickael sonrió. Le gustaba mucho la idea de tener un loro como amigo.

Capítulo 6
Enemigos

Inés se dejó caer sobre uno de los bancos del vestíbulo de la escuela. No era capaz de aguantar más las lágrimas. Los otros alumnos pasaban delante de ella sin prestarle atención.

–¿Inés, qué te pasa?

Naïma vio a su amiga justo al cruzar la puerta. La pequeña española le tendió los brazos. Sollozaba con un nudo en la garganta.

–¿Qué ha pasado? –preguntó Naïma, inquieta–. ¿Qué pasa?

Capítulo 6

–Mm... Mm... Quiero volver... M... A casa.

–¿Por qué?

–Mm... La profe... sora... es horrible. Es... cruel...

Naïma se sentó a su lado y le puso las manos en los hombros.

–Seguro que no es tan horrible.

–¡Sí! Quiero... Mm... Ir con mi... MADRE.

El grito atravesó la sala. En ese momento, Ruby y dos de sus amigas, Michelle y Jennifer, bajaban por la escalera. Ruby se detuvo en medio del vestíbulo. Si la señora Jensen no la hubiera humillado tanto, seguramente habría seguido su camino, pero necesitaba vengarse y cualquiera le serviría. ¿Qué mejor víctima que una niña que lloraba?

–Mami, mami, mami –se burló.

Ruby tenía talento como cómica. Fingía lloriquear, sorbía ruidosamente y berreaba «mami» en tono trágico. Su imitación provocó risas entre los alumnos. Pero la cosa no acabó ahí.

—Pobre niñita. Pobre niña pequeña que no sabe estar sin su mami.

Humillada, Inés lloró aún con más ganas. Naïma se levantó de un salto. Había reconocido a la plasta del comedor. Esta vez, no pensaba dejarlo pasar. Se plantó delante de Ruby.

—Más te vale que cierres esa bocaza —le dijo.

—Mírala, qué miedo me das —se burló Ruby—. Un espantapájaros parlante. Ay, no. Es una chica que se viste como un espantapájaros.

Dio un paso al frente para demostrar que no estaba impresionada.

Capítulo 6

–Pedazo de... –le dijo Naïma y la empujó con fuerza.

Ruby perdió el control e intentó golpearla. Naïma se apartó rápidamente y el puño enfadado no dio en el blanco.

–¡Cuidado! –les avisó Michelle–. Viene la señora Beckett.

Ruby analizó la situación en una fracción de segundo. Ante la gran sorpresa de Naïma, se lanzó al suelo y, agarrándose la pantorrilla con las dos manos, se puso a gritar de dolor.

–¡Aaaayyyy! ¡Qué dolor!

La señora Beckett se acercó corriendo, alarmada ante aquel espectáculo.

–Ruby, ¿qué te pasa? ¿Te has tropezado?

–Me ha dado una patada. ¡Me duele mucho!

Michelle señaló con un dedo acusador a Naïma.

–Ha sido ella, señora.

–¡No es verdad! –se quejó Naïma.

–Sí que es verdad –contestó Michelle.

La señora Beckett se agachó para ayudar a Ruby a levantarse. Como por casualidad, el resto de alumnos había desaparecido ante la llegada de la profesora. Solo Inés seguía allí. Se frotó los ojos húmedos y, reuniendo todo su valor, se acercó.

–No voy a poder bailar –se quejó Ruby, que se aguantaba sobre una pierna–. Au, au.

–Llevad a vuestra amiga a la enfermería –ordenó la señora Beckett–. Al fondo del pasillo principal. Y tú...

Se volvió hacia Naïma, con el ceño fruncido.

–Ve a ver al director.

–Pero si no he... –suplicó Naïma.

–Son unas mentirosas –exclamó Inés señalando a las tres chicas que se alejaban.

–No me importa. Marchaos. Ve a ver al señor Meyer.

Inés sujetó a la profesora del brazo y le suplicó.

Capítulo 6

–No, no, señora. Es culpa mía.

–¿Quieres ir a ver al director tú también? –preguntó la señora Beckett en tono amenazador–. No has hecho nada. He visto que estabas sentada en el banco.

Naïma miró a Inés y negó con la cabeza. Seguir insistiendo no haría más que empeorar las cosas. La señora Beckett creía saber la verdad y no iba a hacerle caso a una niña que insinuaba que estaba equivocada. Intimidada, Inés no se movió. Naïma siguió a la profesora de inglés, triste. Ya se veía expulsada de la escuela.

***

Mientras la pobre Naïma se dirigía hacia el despacho del señor Meyer, las plastas se reían en el pasillo. Michelle se detuvo a unos metros de la enfermería.

–Ruby tiene que entrar a que la examinen –dijo.

–¡Pero si no tiene nada! –se quejó Jennifer–. La enfermera se va a dar cuenta.

Ruby examinó la ropa de Michelle, que vestía una minifalda escocesa.

–Pásame el alfiler con el que te cierras la falda –le pidió Ruby.

Michelle obedeció. Sin dudarlo, Ruby clavó el imperdible en el pantalón de seda de Vietnam y tiró con un gesto seco. El tejido se rasgó justo debajo de la rodilla. Apretó los dientes y se arañó la piel con la punta del imperdible hasta hacerse sangre.

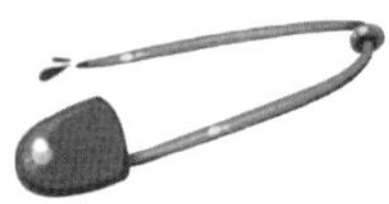

–Listo –dijo–. Ahora ya podemos entrar.

–Si la señora Beckett habla con la enfermera sabrá que la hemos engañado.

–No te preocupes –se burló Ruby–. La señora Beckett no es tan lista. Se tragará lo que le digamos.

Capítulo 6

–¿Creéis que van a echar a la morena? –preguntó Jennifer.

–¡Eso espero! –respondió Ruby–. Vamos a por la escena principal del segundo acto. Sujetadme. Ay, ay, qué dolor.

Michelle se aguantó la risa al llamar a la puerta. Las tres cómplices desaparecieron en la enfermería. Ninguna de ellas se había dado cuenta de que una de las ventanas del pasillo estaba abierta. Ni de que, sentada en el césped bajo la ventana, había una chica. Una chica que lo había escuchado todo.

***

No había nadie cuando Naïma y la profesora de inglés entraron en el despacho de dirección. La señorita Daisy había dejado un mensaje en el tablón de anuncios: «He salido a recoger a una alumna al aeropuerto». El señor Meyer tampoco estaba allí.

–Habrá salido a pasear al perro –supuso la señora Beckett–. Siéntate ahí.

Naïma obedeció. La espera no fue larga. Un breve ladrido anunció el regreso del director. El labrador avisó así al amo de que tenía visita. El señor Meyer le recompensó con una caricia.

–No pasa nada, Jazz. ¿Quién está ahí?

–Soy yo, Concordia.

Explicó el motivo de su presencia. Naïma estaba agitada. No pudo aguantarse más y exclamó:

–¡Eso no es lo que ha pasado!

El director levantó la mano.

–Siempre la misma historia –dijo–. No he sido yo, ha sido el otro. Por experiencia sé que los errores siempre

son compartidos. Naïma, me gustaría que pensaras en tu parte de la responsabilidad. ¿Estás segura de que eres totalmente inocente?

Naïma se mordió los labios.

–Yo le grité –admitió–. Pero porque se burlaba de mi amiga. Y puede que la haya empujado un poco... ¡Pero ella fingió caerse!

–Claro –se burló la señora Beckett–. Eso sí que es bueno. Acabas de confesar que la empujaste.

El señor Meyer pulsó un botón en un aparato que tenía sobre el escritorio.

–Sala 233 –dijo.

Una voz sonó en el altavoz.

–Enfermería.

–Emma, ¿has tratado hoy a Ruby Prentice?

–Sí, y qué delicadita. Me

ha montado un buen espectáculo por un simple arañazo.

El director sonrió y le dio las gracias. Naïma observaba a la profesora de inglés, que parecía muy enfadada.

–No importa que no sea más que un arañazo. No se pueden tolerar estos ataques de violencia.

–Es cierto –reconoció el señor Meyer–. Muy bien, Naïma. ¿Qué castigo crees que te mereces?

–¿Cómo? ¿Debo decidirlo yo?

–Sí. Quiero que evalúes tú misma la gravedad de tus actos.

Naïma suspiró. Después, con valentía, declaró:

–Merezco ser expulsada.

La señora Beckett se encogió de hombros.

–Tampoco hace falta exagerar. Yo propongo que no vayas a la fiesta que está prevista para el sábado. Te quedarás en tu habitación mientras los demás se divierten.

Capítulo 6

–Me parece justo –aprobó el señor Meyer–. ¿Estás de acuerdo?

–Sí –exclamó Naïma.

–Asunto resuelto. Gracias por acompañarla, Concordia.

Naïma nunca había conocido a un director como aquel. No se imaginaba que saldría de aquel lío tan bien parada.

***

Inquieta por la conversación que acababa de escuchar, Kumiko rodeó el edificio a toda prisa. ¿Quiénes eran las chicas que hablaban en el pasillo? ¿Y qué sería la cosa horrible que habían hecho? Kumiko no sabía cómo, pero tenía que hacer algo. Necesitaba encontrar a Rajani.

Muchos alumnos aprovecharon que hacía buen tiempo para pasear por el jardín. El vestíbulo estaba desierto cuando Kumiko cruzó el umbral. Al menos, eso es lo que le pareció al principio. Giró la cabeza al oír que alguien lloraba. Una silueta frágil se desahogaba en un rincón oscuro. Kumiko se acercó.

–¿Qué te pasa? –preguntó.

Inés se secó las lágrimas y le preguntó algo extraño.

–¿Crees que al señor Bergström no le gustan los cobardes?

–¿Cómo? –preguntó Kumiko.

–No he hecho nada para ayudar a mi amiga. Bueno, no lo suficiente. Debería... ¿Sabes dónde está el despacho del director?

–¡Para, para! No tan deprisa. Cuéntame primero qué ha pasado.

Inés miró a la japonesa y vio que su interés era sincero. Además, parecía simpática. Entre sollozos, Inés le contó lo sucedido.

–¡Es verdad, lo juro!

Capítulo 6

–No lo dudo, y ahora entiendo lo que he escuchado hace cinco minutos. Estaba sentada en el césped y he escuchado...

Tras la historia de Kumiko, Inés se sintió mejor.

–¿Te importaría contárselo al señor Meyer?

–¡Claro que no! –exclamó Kumiko–. No me gustan nada las injusticias ni la maldad. Vamos.

Le tendió la mano e Inés se la estrechó, agradecida. Mientras cruzaban el vestíbulo, aparecieron Naïma y la señora Beckett. Inés retrocedió, le tenía miedo a la profesora.

–Muy bien –dijo la señora Beckett–. Espero que sea la última vez que tenga que tratar algo así contigo.

–Sí, señora –respondió Naïma–. Gracias.

¿Gracias? Inés se quedó muy sorprendida, y aún más cuando la señora Beckett añadió:

–En el futuro, contrólate. La ira es muy mala consejera.

–Lo recordaré, lo prometo.

Naïma le hizo un pequeño gesto a Inés y le sonrió.

Capítulo 7
Por fin llegó Alexa

La señorita Daisy entró en el aeropuerto. Buscó la foto en su carpeta. Se fijó en la bonita chica rubia de ojos azules, sentada junto al mostrador de la aerolínea, y se sorprendió ligeramente. Esperaba encontrarse a una chica con aspecto deportivo, con zapatillas y vaqueros, pero descubrió a una joven *fashion victim*[4], con una camiseta cruzada rosa, grandes pendientes y pintauñas con purpurina.

4. *Fashion victim*, en inglés, «víctima de la moda».

–¿Eres Alexa? –le preguntó–. Soy la señorita Daisy, de la Academia Bergström.

En lugar de responder a la pregunta, Alexa cogió la tarjeta que le colgaba del cuello y leyó:

–Menor no acompañado. Alexa Clark. Lo pone aquí.

Después, le gritó a la azafata.

–¡Oye! Han venido a recoger el paquete. ¿Hay que firmar en algún sitio?

–No, no hace falta –respondió la azafata.

–Me han llevado de un lado para otro como un paquete, ya no sé si soy persona o no –le explicó a la señorita Daisy–. Bueno, la verdad es que me lo he pasado muy bien en Bangkok. Adiós, Sofía. Gracias por el café con leche.

La azafata le lanzó un beso.

–Te encuentras cómoda en cualquier parte, ¿no? –comentó la señorita Daisy.

Alexa asintió.

Capítulo 7

–No soy nada tímida. Hablo con todo el mundo, donde sea. ¿Nos vamos?

La señorita Daisy la ayudó a cargar con las maletas. En el coche, Alexa le contó su aventura en Bangkok. Al principio, estaba un poco deprimida por perderse la llegada a las clases. La tormenta causó estragos y fue impresionante ver las pistas con las lluvias torrenciales.

–Hay tiendas superchulas en el aeropuerto –le dijo–. Y la gente es muy simpática. He engordado al menos tres kilos. No paraban de darme cosas para comer. ¿Sabes que hay una tienda con un montón de animales asquerosos?

–¿Cómo dices?

–¡Sí, sí! –exclamó Alexa–. Es un sitio flipante. Mantis religiosas, cucarachas monstruosas, mariposas del tamaño de un cuervo, tarántulas... El señor Li, el dueño, es chino y antes vendía sus animales en Singapur. Me regaló un escorpión malayo.

La señorita Daisy se sobresaltó y miró por el retrovisor. ¿Había algo que se movía en la maleta?

–Pero... No lo has aceptado, ¿verdad? –le preguntó.

–Claro que sí. Es increíble. Ah, vale, ya te entiendo. No te preocupes, está muerto, en una urna de cristal. Lo voy a poner en mi habitación.

–Seguro que a tu compañera le encanta –comentó la señorita Daisy.

–¿Quién es? ¿Es simpática? ¿Sabe montar a caballo?

–Se llama Michelle y estudia arte dramático. Es cómica. Por lo que he visto hasta ahora, al menos tenéis algo en común. A ella también le encantan los complementos y las camisetas de moda.

–Al menos tendremos algo de qué hablar. ¿Te gustan los escorpiones?

Capítulo 7

–La verdad es que no.

–¿Y los reptiles? ¿Tampoc te gustan? Vivo junto a un río donde habitan seis mil cocodrilos. El año pasado encontramos uno que medía más de siete metros. ¡Todo un récord!

–Menos mal que no lo has traído porque no te cabría en la habitación.

–No se puede adiestrar a un cocodrilo –dijo Alexa, seria–. Pero me arrepiento de haber dejado a Belize en casa.

–¿Es una serpiente o un murciélago?

–¡Es mi caballo! –respondió Alexa, riéndose–. También tengo un perro, cuatro gatos, dos cabras, ocho conejos, una tortuga, veinticinco peces tropicales, no, veinticuatro, los demás se comieron a uno, y un grupo de *wallabies*[5]. A esos no los hemos invitado, son okupas en el jardín.

5. *Wallaby*, canguro pequeño.

–¿No paras nunca de hablar?

–Sí, cuando duermo.

***

Rajani le puso los dedos en la frente a Inés y le dio un masaje de la nariz a las sienes.

–Te he puesto aceite de sésamo –le explicó–. Es antiestrés. Ya verás, te va a sentar muy bien.

Naïma acarició la bola de tela rosa con cola peluda sobre la almohada.

–¿Qué es esto?

–Es Nada –respondió Kumiko–. Mi peluche. Sigo pensando que deberías hablar con el director.

–No, no quiero. Se acabó.

–No estoy de acuerdo –se quejó Kumiko–. Te han castigado y no es justo.

–Reaccioné mal –dijo Naïma–. Me dejé llevar por mi enfado. Es culpa mía. Y la verdad es que no poder ir a la fiesta no es tan malo.

Capítulo 7

–Pero es mi culpa –murmuró Inés.

–La única culpable es Ruby Prentice –comentó Kumiko.

Inés respiró profundamente, con los ojos cerrados. Se sentía relajada. Rajani era muy buena.

–¿Dónde has aprendido a hacer eso? –le preguntó Inés–. Es genial.

–Mi abuela me enseñó el arte de los masajes y de los aceites de la ayurveda. Es la medicina tradicional de la India. Existe desde hace miles de años.

Se hizo el silencio. De repente, Naïma se echó a reír.

–¿Sabéis qué? La señora Beckett se llama Concordia. Qué ridículo, me muero.

–¡Ruby es peor! –dijo Kumiko–. Es pretencioso. ¿Por qué no Diamante, ya que nos ponemos?

–¡Esperad! –exclamó Rajani–. No sabéis lo mejor.

Con mucha gracia, les contó lo que había pasado en la clase de danza y cómo la profesora había humillado a Ruby. Las cuatro chicas se morían de la risa.

–Esto me hacía falta –dijo Naïma–. Gracias.

–¿Qué es eso de la fiesta? –preguntó Inés–. ¿Sabéis de qué va?

Uno de los compañeros de clase de dibujo se lo había contado a Kumiko. El primer sábado del curso se organizaba una fiesta de bienvenida. La idea era que los nuevos alumnos conocieran a los más antiguos y compartieran experiencias. Una forma de integrarse.

–¡Bah! –dijo Naïma–. Tampoco me pierdo gran cosa.

–Me quedaré a hacerte compañía –decidió Inés.

–Yo también –añadió Kumiko.

–No hace falta...

–Chist –la cortó Rajani–. Vamos a la fiesta a pasarlo bien juntas o no vamos ninguna.

Capítulo 7

Inés se frotó los ojos y suspiró.

–Oye –dijo Naïma, preocupada–, no irás a llorar otra vez, ¿verdad?

–No –respondió Inés–. Se acabaron las lágrimas y las tonterías, se acabó el «quiero a mi madre» y se acabó el «quiero volver a casa». Porque...

Miró a su alrededor, sonriendo.

–Porque ahora tengo tres amigas.

Capítulo 8
Alexa conoce a su compañera... y a Nelson

La señorita Daisy llamó a la puerta y abrió.

–¿Hola? ¿Michelle, estás aquí? Parece que no hay nadie.

Al entrar y contemplar la habitación, Alexa puso los brazos en jarra. Michelle había colocado sus cosas por todas partes.

–Vaya –dijo la señorita Daisy–. No es muy ordenada.

–¿Qué pasa? –preguntó alguien a sus espaldas.

Capítulo 8

La señorita Daisy se dio la vuelta.

–¡Aquí estás! Te presento a tu compañera, Alexa.

–¿Cómo? –preguntó Michelle–. Ni hablar, prefiero estar sola.

–¿Crees que esto es un hotel? –respondió la señorita Daisy, contrariada–. Dos alumnos por habitación, así son las cosas. Arregla este desorden y hazle sitio a tu compañera. ¿Te parece bien, Alexa?

–Sin problema.

La señorita Daisy no estaba preocupada. Alexa no era de las que se dejaban pisar. Al llegar a su despacho, se acordó del escorpión y se echó a reír. Le gustaría estar presente cuando Michelle descubriera al pequeño animal.

Alexa colocó la maleta en el suelo y la mochila en una de las mesas.

–Ese es mi lado –le dijo Michelle, en tono seco.

–No pasa nada. Me pondré en el otro lado. Me gusta tu falda escocesa.

–450 dólares. Es de KBF –contestó Michelle.

Alexa puso mala cara. ¿450 dólares por un trozo de tela?

–¿KBF? –repitió–. ¿Y eso que es?

–Kawaii Blue Fashion. ¡Es la marca de moda! ¿De dónde has salido?

–Del *bush*[6] australiano –respondió Alexa–. Allí, cuando quiero un par de botas nuevas, salgo a matar un cocodrilo.

Michelle se quedó muda de la sorpresa. Alexa retiró tranquilamente la ropa que cubría su cama y vació su maleta. Sacó el escorpión del señor Li y lo colocó en la estantería. Michelle soltó un grito y se subió a una silla.

–No está vivo –comentó Alexa.

6. *Bush*, en inglés, vegetación formada por arbustos y árboles aislados. En Australia, es un tipo de vegetación muy común.

Capítulo 8

–Quita eso de ahí ahora mismo.

Alexa sonrió ligeramente, con ironía, y con un gesto de la mano dijo:

–Tu lado, mi lado.

Michelle la fulminó con la mirada, pero no tuvo ningún efecto.

–¿Sabes dónde está la cuadra?

–¿Por qué iba a saberlo? –murmuró Michelle al bajar de la silla.

–Ya la encontraré. *See you later*[7]*!*

***

Alexa vio la pista en la linde del bosque que rodeaba el parque de la academia. Los caballos se relajaban en el prado cercano. Alexa los observó durante un momento. Se fijó en una yegua alazana que le gustó especialmente. Decidió entrar en la cuadra para

7. «Hasta luego», en inglés.

examinar los arreos. Al cruzar el umbral, escuchó resonar unos golpes violentos. Alexa se detuvo y examinó la oscuridad. No cabía duda. Un caballo de pelaje oscuro estaba encerrado en un box. Alexa avanzó unos pasos. El animal volvió a golpear la puerta cerrada y después se apartó a un rincón, con las orejas hacia atrás, respirando de forma ruidosa. Alexa vio el blanco de sus ojos y comprendió que el animal estaba aterrorizado

–Tranquilo –murmuró–. Shh, shh, tranquilo...

La silueta de un hombre corpulento se dibujó a contraluz detrás de Alexa.

–Ya decía yo –dijo–. Nelson no se agita sin motivo. No te muevas, es peligroso. Soy Rainer, tu profesor. Porque eres Alexa Clark, ¿verdad?

–Sí, señor. Nelson tiene una herida en el costado. ¿Qué le ha pasado? ¿Un accidente?

–No me llames señor. No, Nelson no ha tenido ningún accidente. Su antiguo dueño le pegaba.

Capítulo 8

Alexa se sobresaltó. No soportaba el maltrato animal. Rainer le contó cómo la academia había salvado a Nelson. Su dueño no conseguía domarlo y, en lugar de tener paciencia, lo fustigó hasta que le hizo sangre. Evidentemente, Nelson se volvió aún más arisco.

—Consideraron a Nelson irrecuperable y decidieron sacrificarlo, pero el veterinario nos avisó. El dueño tuvo la cara de pedirnos dinero por llevarnos al caballo.

–Qué actitud más horrible. Pobre Nelson... Ningún animal debería ser maltratado.

–Ya te veo venir –respondió Rainer–. Ni se te ocurra.

–¿El qué? –se sorprendió Alexa.

–Conozco a las chicas como tú. Habéis leído demasiadas historias en las que la seductora heroína consigue domar al bello semental. Así no es cómo funcionan las cosas en el mundo real. Nelson

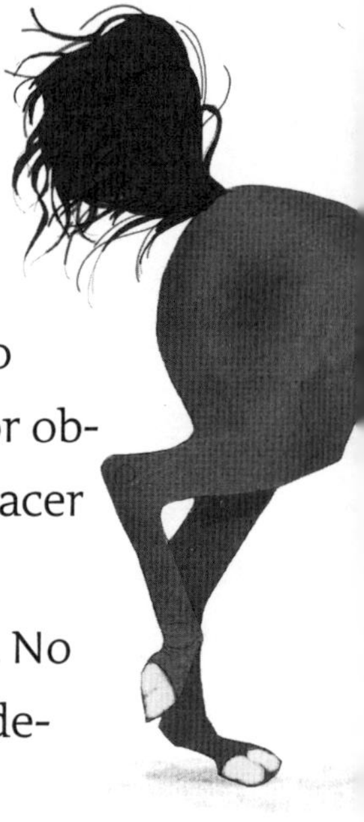

te puede matar de una coz. Y lo hará si tienes la estúpida idea de acercarte.

–Soy de un país con un montón de animales salvajes –dijo Alexa–. He aprendido que es mejor observarlos de lejos. ¿Pero qué vas a hacer con Nelson?

–Dejarlo en su box, por ahora. No tenemos otra opción, ataca a los demás caballos. No es malo, pero tiene miedo. En unas semanas, Nelson se habrá acostumbrado a nuestra presencia y entenderá que no queremos hacerle daño. Quizá algún día llegue el momento de poder montar en él de nuevo. O quizá no pase nunca.

Rainer invitó a Alexa a salir para no molestar más a Nelson.

–Si quieres ayudarle de verdad, háblale con

delicadeza cuando estés en la cuadra. Y mantén la distancia.

—¡Hablar! Eso se me da bien —bromeó Alexa.

Capítulo 9
Jazz tiene una nueva amiga

Inés salió de la clase de guitarra del señor Ramos con ganas de bailar. El señor Ramos era el hombre más amable del mundo. La mañana había ido tan bien que Inés casi se había olvidado del mal día anterior. Dudó entre pasear por el parque o volver a la habitación. Era demasiado pronto para ir al comedor. El azar decidió por ella. Al pasar por delante de una clase, vio el piano. Echó un vistazo. La clase estaba vacía, no veía a nadie... El piano la atrajo como un imán. En realidad no sabía tocar, pero era capaz de hacer sonar algunos acordes como acompañamiento de la signora Della Torre. Visto el desastre del día anterior, un poco de diversión no le vendría mal.

Así que entró.

Al principio, no se atrevió a alzar la voz. Pero poco después cogió confianza y se lanzó en una serie de notas. Sin gallos. Se detuvo en el do, dos octavas superiores.

–Puedes llegar al fa sin problema. Se te dan bien los agudos pero tienes que trabajar los graves. Es normal a tu edad.

Inés contuvo un grito de sorpresa y se dio la vuelta. Bianca della Torre estaba en la puerta.

–Tu estómago funciona como un fuelle para avivar el fuego. Tu garganta es el conducto por el que sale el aire y permite que las cuerdas vocales vibren. Debes mantener la garganta relajada. Si se tensa, no podrás alcanzar las notas. Deja que me siente al piano, es mejor que estés de pie.

Durante veinte minutos, Inés recibió una clase privada. Bianca siempre era muy exigente pero se reveló como una maestra bondadosa, capaz de apreciar y halagar. Había desaparecido el dragón que devoraba alumnos crudos. Inés estaba tan concentrada que no escuchó el timbre que llamaba a la comida. Bianca se levantó.

–Se acabó el tiempo –dijo–. La siguiente clase, el lunes.

–Gracias, señora –respondió Inés.

La Signora asintió, sonriente.

–Es la primera vez que practico las escalas con una alumna en su tiempo libre.

***

Inés llegó tarde al comedor porque primero había ido a dejar la guitarra en su habitación. Naïma le había guardado una silla a su lado. Tres mesas más allá, Ruby y sus dos amigas mordisqueaban las hojas de sus ensaladas. Estaban a dieta. Naïma las señaló con el dedo.

–Me dan ganas de ir allí y decirle que aún sigo aquí, pedazo de...

Naïma no acabó la frase.

–¿Bruja? –sugirió Rajani.

–¿Vieja camella despeinada? –propuso Kumiko–. ¿Orangutana en tutú? Sucia...

–¡Plasta! –completó Naïma, que se rio aún con más ganas.

Alexa apareció cuando empezaron a sacar los platos calientes. La mujer que servía murmuró un comentario desagradable.

–Tenía que cambiarme –dijo Alexa–. ¡He estado limpiando la cuadra! No te habría gustado el olor... No te preocupes, seré rápida.

Se puso cualquier cosa en el plato en menos de

treinta segundos. Después se dirigió hacia el grupo de plastas y se sentó junto a Ruby.

–Perdona –se disculpó Alexa–. ¿Qué tal, Michelle? ¿Qué te parece mi falda de volantes? Es una HPM.

Michelle se agachó para mirar por debajo de la mesa.

–No conozco HPM –dijo.

–¡Hecha Por mi Madre! –respondió Alexa, burlándose.

Ruby la miró de arriba abajo. Qué horror, obligada a vivir con alguien vestida por su madre.

–¿Te vas a comer todo eso? –preguntó Jennifer, sorprendida.

Alexa miró los platos de las otras chicas. Lechuga, tres tomates, dos rodajas de pepino. Ni un pedazo de pan, ni salsa.

–Te puedes comer mis natillas si quieres –ofreció Alexa–. O las galletas.

—No, gracias. Ya tengo un yogur, es cero por ciento. El azúcar es malo para la salud —dijo Ruby con aire pretencioso.

—Mi bisabuela se ha atiborrado a pastel de manzana durante toda su vida —respondió Alexa—. Y aún juega al polo[8].

Ruby se levantó de un movimiento brusco. No podía soportarlo más. Ya le costaba tener que mezclarse con el resto en las clases pero nadie la obligaba a compartir su hora de la comida con gente tan descarada.

—Jenny —ordenó—. Nos vamos.

—Pero aún no me he comido el yogur —se quejó débilmente Jennifer.

—Ya sabes que tienes que perder un kilo —dijo Ruby, en tono cruel.

Jennifer suspiró y obedeció. Era evidente que

8. Polo, juego en el que dos equipos de cuatro jinetes se enfrentan, equipados con un mazo y una pelota.

no tenía ninguna seguridad en sí misma. Aprovechando que Ruby les daba la espalda, Alexa le pasó las galletas a Jennifer, quien esbozó una sonrisa y escondió deprisa el pequeño paquete en el bolsillo. Alexa bostezó. El cansancio se apoderó de ella de repente. La tarde se presentaba difícil, sobre todo porque tenía clase de matemáticas... ¡Así sería imposible mantenerse despierta! Observó a los alumnos a su alrededor. Se sentía sola. No creía

que Michelle y ella fueran a ser amigas. Aunque mejor. No le gustaba nada esa fanfarrona. Es más, Alexa disfrutaba tomándole el pelo. Bostezó de nuevo. Madre mía. El timbre la sobresaltó. Alexa intentó despejarse un poco pero salió del comedor arrastrando los pies.

***

El labrador negro se levantó, ladró brevemente y se acercó a Alexa moviendo la cola.

–Jazz, aquí –ordenó el señor Meyer.

Alexa se preguntó cómo sabía que su perro se había levantado. Debía tener un sentido del oído muy desarrollado.

–Esta es Alexa Clark –anunció la señorita Daisy–. Ha ocurrido un pequeño... incidente. Alexa se ha dormido en la evaluación de matemáticas.

–No teníamos ni idea de que nos iba a poner un examen el primer día –se quejó Alexa.

La señorita Daisy la miró con seriedad. ¡Con el director no se hablaba en ese tono!

–Las evaluaciones sirven para determinar el nivel de conocimiento de los alumnos que llegan de diferentes países del mundo –respondió el señor Meyer–. Supongo que le has explicado al profesor que tu viaje ha sido especialmente difícil, ¿verdad?

–Ese es el motivo del pequeño incidente...

El señor Meyer apoyó las manos sobre la mesa.

–Ya me imagino la escena... Alexa le ha dicho que no tenían ni idea de que les iban a poner un examen el primer día.

–Algo así –admitió Alexa–. Pero quizá de forma menos educada... No es solo culpa mía. El señor Brown me ha despertado de repente y creo que lo que menos gracia le ha hecho es que toda la clase se ha echado a reír.

La señorita Daisy se mordió el labio. Le costaba

aguantarse la risa. Alexa le parecía muy divertida, no podía con ella. La australiana añadió:

–Yo también tengo un perro. Se llama Bunbulama, es el nombre de un espíritu de la lluvia de los aborígenes.

–Alexa le ha pedido perdón al señor Brown –explicó la señorita Daisy–. Él ha aceptado sus disculpas pero ha querido que intervengas.

–Muy bien. Jovencita, creo que sé cuál es tu problema. Hablas demasiado, sin parar, y no diferencias entre un adulto y uno de tus amigos. No es falta de respeto por tu parte, es tu forma de ser. Por desgracia, las personas mayores no siempre lo entienden y esto causa problemas.

–Es cierto –comentó Alexa.

–Cuento contigo para solucionarlo. Recuerda que los profesores no son tus amigos. Ahora ve a descansar, lo necesitas.

–Sí, señor. Puedo sacar a Jazz a pasear si quiere.

–Gracias, pero no es necesario.

–Siento tener que llevar la contraria pero Jazz lleva un rato retorciéndose y no para de mirar a la puerta.

El señor Meyer se agachó junto a su perro.

–¿Es que se te ha olvidado cómo avisarme?

El labrador se levantó de repente y puso la pata sobre la rodilla de su amo.

–Este perro es demasiado educado –se quejó la señorita Daisy–. No quería interrumpir.

–Tengo mucho trabajo que hacer –dijo el señor Meyer–. Alexa, si tu oferta sigue en pie...

–Claro que sí, señor. Vamos, Jazz.

Cuando Alexa se marchó, seguida de Jazz, que iba la mar de contento, la señorita Daisy no pudo seguir aguantándose la risa.

Capítulo 10
Un molino misterioso

Los alumnos disfrutaban del sol paseando por el parque. Inés, Kumiko, Rajani y Naïma, sentadas en el césped, charlaban alegremente.

–¡Mirad! –exclamó Naïma–. Es Jazz, allí. Lo pasea una chica.

–¿No es la que se ha dormido durante la clase de mates? –preguntó Rajani–. Qué raro, pensaba que la castigarían y en vez de eso pasea al perro.

–El señor Meyer no es un director normal y corriente –respondió Naïma.

Capítulo 10

–Jazz es supermono –comentó Inés–. Me encantaría tener un animal. Mi madre no me ha dejado nunca.

–La chica parece simpática –dijo Kumiko.

–¡Qué dices! –exclamó Naïma–. ¿No la has visto comiendo con Ruby?

–Lo que he visto es que Ruby ha sido la primera en reírse cuando el señor Brown le ha echado la bronca. No creo que sean amigas.

–Está sola –comentó Inés.

Rajani se levantó de repente.

–Tienes razón. No es por presumir pero rara vez me equivoco con la gente. Voy a hablar con ella. Sabré en un momento si es recomendable.

Kumiko se divertía imitándola.

–No es por presumir pero estoy presumiendo.

–¡Kumiko! –se quejó Rajani–. No seas mala.

–Te adoro, de verdad, pero es que pareces una hermana mayor protectora. A veces está bien, pero otras veces me pone un poco nerviosa. Esta mañana has cerrado mi pasta de dientes, has limpiado mi cepillo y has arreglado mi cama. ¡Sin que yo te lo pidiera!

–Inés no para de echarme la bronca porque no ordeno mis cosas –comentó Naïma.

–Oye –protestó la interesada–. Eso no es verdad.

–Eso es porque no te escuchas. «¡Quita las camisetas de la silla! ¡Los zapatos van debajo del armario! ¡Los libros no deberían estar amontonados en el suelo!».

–Nos han tocado dos maniáticas del orden –se rio Kumiko.

–Esa suerte que tenéis –replicó Rajani–. Si fuera por vosotras dos, nuestras habitaciones serían una leonera.

Miró a sus espaldas y extendió los brazos.

–Mirad, con vuestras tonterías, la hemos perdido de vista.

Capítulo 10

–Ha entrado en el bosque con el perro –comentó Inés–. No sé cómo puede correr con una falda larga.

–Ya habrá otras ocasiones para hablar con ella –supuso Kumiko.

Naïma se estremeció. Se le había olvidado la chaqueta y tenía frío. Rajani propuso que volvieran a la escuela. La cafetería estaba abierta a todas horas y un té caliente le pareció una buena idea.

Mientras tanto, Alexa y Jazz se adentraban en el bosque. El labrador estaba la mar de contento. No tenía muchas oportunidades como aquella de correr libre. La pendiente se acentuó de forma brusca. Alexa se resbaló y se golpeó con una rama. Jazz ya estaba abajo y Alexa descendió con cuidado.

–Qué sitio más bonito –murmuró.

Un riachuelo discurría al fondo del barranco. Jazz saltó al agua y salpicó por todas partes.

–Amigo, si te llevo de vuelta lleno de barro, no creo que le haga mucha gracia al señor Meyer.

Jazz ladró y movió la cola. Se acercó a la orilla y echó a correr.

–¡Oye, espérame! ¡Jazz! Oh, no... Lo único que me falta es perder al perro del director.

Alexa apenas podía seguir al labrador. Los alrededores del riachuelo eran demasiado accidentados y se arañó con las zarzas.

–¡Jolines! –exclamó Alexa.

Decidió meterse en el agua. Prefería mojarse que rasgar la falda. Le costaba avanzar. Cuanto más avanzaba, más fuerte era la corriente. Escuchó un estruendo. Se asustó y prefirió buscar refugio. Por entre el telón tupido del bosque, vio que el pequeño riachuelo desembocaba en un río. Alexa encontró un pasadizo entre dos rocas grandes y se coló entre ellas. Se detuvo, maravillada por las vistas.

El riachuelo era en realidad un río de un color verde esmeralda magnífico. A unos cincuenta metros se alzaba un antiguo molino. La rueda no giraba desde hacía tiempo pero el edificio aún parecía sólido.

Vio la silueta de Jazz contra el viejo puente de piedra que unía el molino con las ruinas de un pueblo abandonado. Alexa se fijó en el rastro de un sendero y se dirigió hacia allí.

Un cartel de metal oxidado bloqueaba la gruesa puerta de madera del molino. *Prohibido el paso, peligro*.

Alexa sonrió. ¡Era mejor que una invitación! Intentó sin éxito levantar el gran cerrojo de hierro. Atascado.

–Muy bien, amigo –dijo mientras acariciaba a Jazz–, tendrá que ser en otra ocasión. Vamos, tu dueño estará preocupado.

En ese momento, se sintió triste por no tener amigos con quien compartir aquel descubrimiento.

Capítulo 11
Día de fiesta

Alexa se entretenía dibujando muñecos. Michelle tardó una hora en terminar de arreglarse en el baño. Cuando salió, Alexa cerró su cuaderno de golpe, Michelle se dio cuenta del gesto.

–¡Ya era hora! –exclamó Alexa–. Ahora solo me quedan cinco minutos para prepararme. No podemos seguir así. En el futuro, o te das prisa o te levantas más pronto.

–Puedes usar el baño antes que yo –respondió Michelle–. De todas formas, hoy no hay prisa.

Alexa cortó la discusión para meterse en la ducha. Sola en la habitación, Michelle abrió el cuaderno. Al ver los dibujos, se encogió de hombros. Su compañera de habitación no tenía mucho talento.

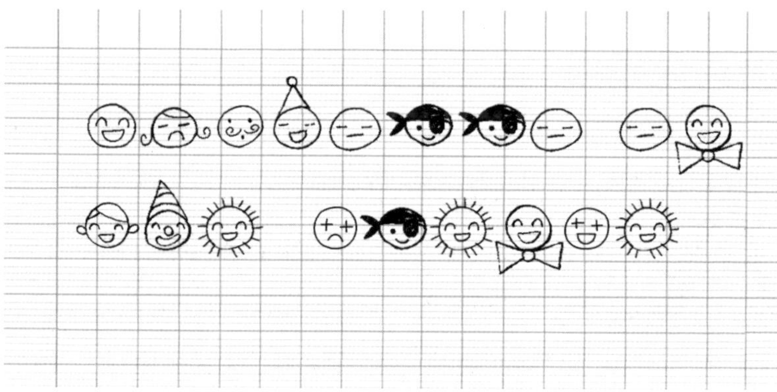

Cuando Alexa salió del baño, Michelle ya se había marchado. Echó un vistazo a su escritorio y frunció el ceño. El lápiz que había dejado con cuidado sobre su carpeta había rodado al suelo. Era un truco que había aprendido para pillar a su hermano, a quien le encantaba registrar sus cosas.

Capítulo 11

La mayoría de ocasiones pillaba al gato, pero la idea funcionaba igual. El lápiz en equilibrio caía fácilmente si se movía algún objeto de la mesa. Además, el cuaderno estaba torcido. ¡No había duda! La cotilla de Michelle había mirado en su cuaderno. Alexa se burló. Puede que hubiera mirado en su cuaderno, pero no entendió lo que había allí. No obstante eso no quería decir que no hubiera que tener cuidado con la chismosa.

Alexa se puso sus pulseras multicolores. ¡Lista para desayunar! Pero sin amigos con los que sentarse. No obstante había tomado una decisión, aprovecharía la fiesta para hacer amigos. Además, esa era la idea de la fiesta de bienvenida, ¿no?

No perdió el tiempo en el comedor, no tenía mucha hambre. Para entretenerse, Alexa fue a visitar a Nelson. Desde el exterior, le escuchó golpear la puerta de su box. Sí que estaba enfadado. Cuando entró en la cuadra, Nelson se refugió en un rincón, respirando sonoramente. Ella sabía lo que el caballo le quería decir. «¿Quién eres tú? Vete». Alexa mantuvo las distancias como le había aconsejado Rainer. El animal se puso a soplar por la boca, despacio.

–No tengas miedo –le respondió–. No voy a hacerte daño.

Nelson enderezó las orejas. La estaba escuchando.

–Ves, entiendo tu lenguaje –murmuró Alexa.

La piel de Nelson tembló y golpeó el suelo débilmente.

–*Annin nglelurumi gelane.*

Alexa repitió la frase varias veces, en un tarareo calmado. Nelson ya no se movía.

–*Annin nglelurumi gelane.* Lo aprendí de mi amigo Jimmy de la tribu Warramunga. Significa «Ten confianza, hermano».

Nelson volvió a agitarse. Se escuchaban voces

desde fuera. Los alumnos llamaban a los caballos del prado para darles un trozo de pan o de manzana. No eran muy discretos. Alexa suspiró.

–Volveré pronto, hermano.

Abrió la pesada puerta con cuidado para no molestar más a Nelson.

***

Como hacía buen tiempo, habían preparado varias mesas en el césped. Los alumnos se apretujaban alrededor del bufé para coger los deliciosos bocadillos. Kumiko empujó a los alumnos para dejar pasar a Inés, quien cargaba con platos llenos, uno para ella y uno para Naïma. Rajani las esperaba junto a la escalinata.

–¡Uf! –exclamó Kumiko–. Menuda locura. Pero ya está, tenemos la comida.

Iban a entrar en la escuela cuando la señora Beckett les cerró el paso.

–¿Dónde vais con cuatro platos?

–Es para Naïma –dijo Inés–. No puede bajar a la fiesta, así que hemos pensado que...

–Chist, chist –la interrumpió la profesora–. Está castigada así que ni hablar, no podéis ir con ella.

–¿Tampoco puede comer? –se quejó Kumiko.

–Claro que puede comer. Le hemos llevado comida de la cocina.

Al ver la expresión triste de Inés, la señora Beckett dudó por un segundo.

–Me encargaré de que también le lleven unos pasteles. Venga, no quiero veros más por aquí.

Rajani le dio las gracias. Kumiko explotó de rabia. Ruby podía disfrutar del sol y de la fiesta. ¡No era justo!

–Naïma nos está esperando –comentó Inés–. No sabe que no vamos a volver.

–Hay que avisarla –dijo Rajani–. ¿En qué lado está vuestra habitación?

–Mmm, podemos ver el bosque por la ventana, así que a la derecha.

Dieron la vuelta al edificio.

Por desgracia, la ventana de la habitación estaba cerrada. Gritar sería inútil, los alumnos hacían demasiado ruido. Kumiko cogió una piedra y la sopesó.

–¡Ni se te ocurra! –la reprendió Rajani–. Puedes romper un cristal.

–¿Qué hacéis? –preguntó alguien a sus espaldas.

–¡Nada! –exclamó Kumiko antes de saber quién había hablado.

Reconoció a la chica que se había dormido durante la clase de matemáticas.

–Nada interesante –puntualizó.

–Ah, eso –se burló–. Espero que tengas buena puntería. Lanzar piedras es todo un arte. Si buscas llamar la atención de alguien que, por casualidad, está en una habitación en un piso superior, te aconsejo que uses gravilla. Es mucho menos peligroso.

–Eso no va a funcionar –comentó Inés–. La gravilla es demasiado ligera. No llegará al tercer piso.

–Cierto –admitió Alexa–. Puede que sea una pregunta tonta pero, ¿por qué no entráis en el edificio y asunto arreglado?

Capítulo 11

–Nos lo han prohibido –explicó Rajani.

–A mí no –respondió Alexa, riéndose.

Kumiko y Rajani intercambiaron una mirada. Inés, de naturaleza más confiada, expresó su entusiasmo.

–¡Genial! ¿Puedes darle un mensaje a nuestra amiga? Habitación 306.

–¿Es un secreto?

–¿Cómo? No. Solo tienes que decirle que no podemos subir.

–¡Qué aburrido! –se quejó Alexa, decepcionada–. ¡Al menos hacedlo un poco divertido!

–¿Cómo? –balbuceó Inés.

–Madre mía. Tenéis mucho que aprender. Imaginad que me atacan por el camino...

–No te va a atacar nadie. Mirad.

Alexa miró al cielo.

–No importa. No se puede enviar un mensaje sin tomar precauciones. Supongo que no tenéis un código para comunicaros entre vosotras, ¿a qué no? Claro que no.

–Solo nos conocemos desde hace tres días –dijo Rajani.

–Sí, pero tiene razón –comentó Kumiko–. No podemos olvidarnos de las plastas. Me encanta la idea del código.

–¿Quiénes son las plastas? –preguntó Alexa.

–Ruby... –gruñó Inés.

–¡Ruby! ¿La rubia que pesa veinte kilos y que siempre anda con mi compañera de habitación? Se cree la reina de Inglaterra.

–¿Tu compañera de habitación?

–Michelle, menuda creída. Ayer por la noche, no paró de hablar de lo que cuesta su ropa. Parecía que estuviera hablando con una caja registradora.

Kumiko se echó a reír. Le gustaba la honestidad y el humor de Alexa. También parecía tener ideas muy originales. Alexa les contó lo que le pasó en

Bangkok. La historia del escorpión divirtió sobre todo a Inés a quien, sorprendentemente, le encantaban los bichos raros. Cuando Alexa supo por qué habían castigado a Naïma, le pareció horrible.

–Que no se nos olvide que tenemos que ir a verla –les recordó Rajani.

–Es verdad –exclamó Alexa–. La pobre.

Se agachó para quitarse las sandalias y sonrió a las chicas.

–Confiad en mi larga experiencia. La mejor manera de no levantar sospechas es no parecer que escondes algo.

Con las sandalias en la mano, Alexa se dirigió hacia la entrada de la escuela. La señora Beckett seguía junto a la escalinata. Alexa no intentó colarse sino que se presentó delante de ella.

–¿Puedo subir, señora? Me duelen los pies y necesito cambiarme de zapatos.

–Claro, señorita Clark.

Alexa le dio las gracias, con educación. Primero se dirigió hacia su habitación para ponerse sus deportivas rosas, por si la señora Beckett desconfiaba. Después, llamó a la puerta de Naïma.

–Sí que habéis tardado. Oh.

Vio a Alexa. La reconoció y pensó que tal vez Ruby intentaba tenderle una trampa enviando a una de sus amigas.

–Hola. Soy la mensajera, Alexa.

Le explicó la razón de su presencia pero Naïma no mostró ninguna reacción.

–¿Algún problema? –preguntó Alexa, sorprendida.

–No, ninguno. Gracias.

Naïma le cerró la puerta en las narices. Alexa se puso las manos en la cadera. ¡Vaya! Menudo recibimiento más frío, ni que estuviera en el Polo Norte. Seguro que no se creía que Alexa le contaba la verdad. Eso es lo que pasaba sin un código secreto. Naïma era prudente, lo que indicaba un punto a su favor.

Alexa no pudo contener la emoción. Estaba segura de haber encontrado las amigas con las que soñaba. ¡Aquel año sería genial!

Capítulo 12
Kinra Girls

La fiesta se alargó mucho. Los nuevos alumnos tenían muchas ganas de escuchar las historias de los antiguos. Cuando sobre las cinco la señorita Daisy anunció que era hora de volver a la escuela, Inés, Kumiko, Rajani y Alexa corrieron a la habitación 306. Naïma, que empezaba a aburrirse, se alegró de verlas. Frunció el ceño al ver a Alexa.

—No hay sitio para cinco —dijo intentando decirle con tacto a la australiana que no era bienvenida.

Capítulo 12

–No pasa nada, podemos sentarnos en la cama –comentó Rajani.

A Naïma no le hizo gracia pero no insistió.

–¿Cómo creamos un código? –le preguntó Kumiko a Alexa.

–¿Tenéis buena memoria? Porque es indispensable. Hay que aprendérselo todo de memoria. ¿Tenéis papel?

Inés cogió un cuaderno y se lo pasó. Alexa se puso a dibujar muñecos en una hoja. Les explicó que junto con su hermano Ben y su amigo Jimmy habían creado el lenguaje *Mullee Mullee*, pronunciado Muli Muli. Jimmy procedía de una tribu aborigen. *Mullee Mullee* era el nombre del Espíritu del Sueño para su gente.

–Para hablar nuestro idioma, solo hay que reemplazar una palabra por otra. Por ejemplo, si quiero que nos reunamos en nuestra cabaña del bosque, digo: «*Bora* en la piscina». Aparte de nosotras, nadie más lo entiende. Una *bora* es una ceremonia sagrada para los aborígenes. Ben, Jimmy y yo somos miembros de la tribu *Mullee Mullee* y nuestro tótem es el cocodrilo.

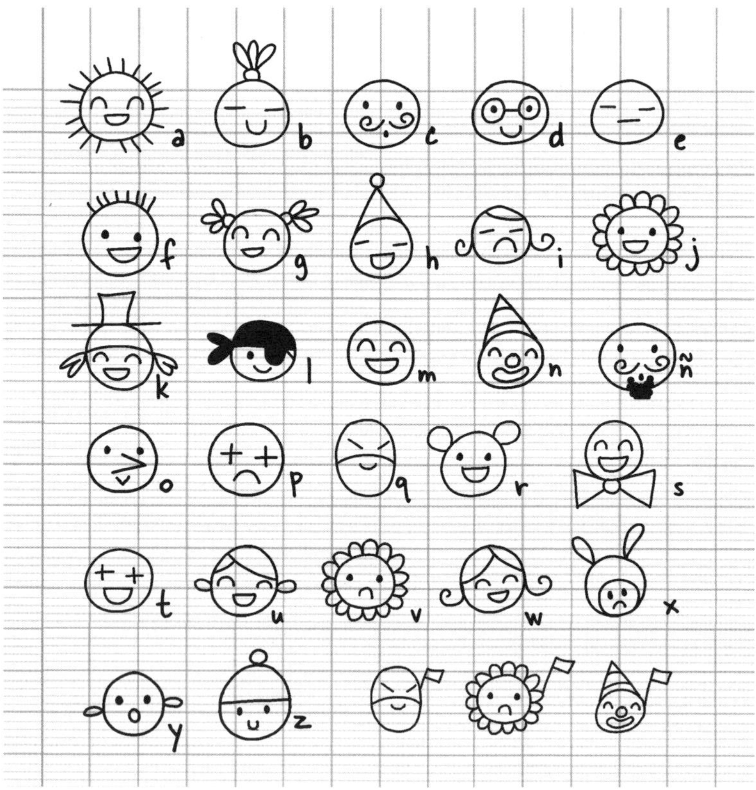

Capítulo 12

–Y eso que estás dibujando es un abecedario en código –supuso Rajani–. ¡Qué rápido vas!

–Es la costumbre. ¡Tengo mucha práctica! Lo difícil es acordarse de los detalles. Para indicar el inicio de una palabra, añadimos un accesorio.

Naïma olvidó su desconfianza hacia Alexa. Una chica que no dudaba en confesarles sus secretos tenía que ser una amiga. Kumiko cogió un lápiz. Tenía ganas de probar el código con su nombre. Dibujó un círculo pero se detuvo de repente.

–¡Qué divertido! La K es un muñeco con sombrero. ¡Me encantan los sombreros!

–¿Y yo? ¿Y yo? –preguntó Inés–. La i es...

–El que lloriquea –dijo Kumiko–. ¡Te va como un guante!

–¡No! –se quejó Inés–. Ya no lloro casi nunca. Casi nunca... Solo por la noche.

—Pues te pareces al dibujo —se burló Naïma—. Mirad, es increíble. ¡La N es un payaso!

—Rajani, ¿has visto la R? —exclamó Kumiko—. Con esas orejas, es el retrato clavado de tu oso de peluche, Atman.

Capítulo 12

–Y la A se ríe –se rio Alexa.

–Qué bueno, encaja perfectamente con cada una de nosotras –comentó Rajani.

Encantada con la sorprendente coincidencia, Kumiko escribió sus iniciales y las traducciones en

Mullee Mullee. En una hoja en blanco, Alexa dibujó tres personajes.

–También está el código de emergencia. Es fácil de recordar. Imaginad que estoy rodeada de cocodrilos y estáis demasiado lejos para oír que estoy pidiendo ayuda. Si levanto los brazos, es señal de «socorro». Si veo cocodrilos a vuestro alrededor, extiendo los brazos a los lados en señal de «peligro».

–Y el último significa «todo va bien» –terminó Rajani–. No hay cocodrilos.

–Exacto, solo que, de donde yo vengo, partimos de la idea de que siempre hay cocodrilos.

–¿Cómo decimos «cuidado, vienen las plastas» en *Mullee Mullee*? –bromeó Naïma.

Capítulo 12

–¡0%! –exclamó Alexa–. Esas idiotas están todas a régimen. Deberíamos crear una lista de vocabulario.

En el cuaderno de Inés, apuntó:

0% = plastas

–Qué pena que aquí no tengamos una cabaña en el bosque –se lamentó Rajani.

Alexa dio un pequeño salto sobre la cama.

–¡Pero tenemos algo mejor!

Les contó que, mientras paseaba a Jazz había descubierto las ruinas de un pueblo y un magnífico molino a la orilla del río. Un lugar perfecto para reunirse.

–Tengo una palabra para eso –dijo Kumiko–. ¡Borakawa! *Kawa* significa «río» en japonés. Con tu *bora*, queda superbien.

Alexa asintió y escribió:

borakawa = reunión en el molino

Rajani señaló a los muñecos de Kumiko.

–Qué bueno, nuestras iniciales colocadas una detrás de la otra forman KINRA.

–¡Me gusta! –dijo Alexa, entusiasmada–. La tribu Kinra.

–Kinra Girls –sugirió Inés–. No nos olvidemos de que somos chicas.

–¿Y qué tótem elegimos? –preguntó Kumiko–. ¡Necesitamos uno!

Cada una propuso un animal: perro, gato, koala, caballo, escorpión.

–¡Bob! –dijo Naïma de repente.

–¿Qué animal es un bob? No lo he oído nunca –preguntó Alexa.

–Bob es el loro del señor Tremblay, mi profesor de circo. Es gris con la cola roja. Es muy bonito y muy divertido.

–Un tótem vivo... –murmuró Alexa, con la mirada perdida–. Guay. ¿Crees que tu profesor nos lo prestaría?

—Me sorprendería si dijera que sí.

—No necesitamos tenerlo con nosotras mientras sepamos que es nuestro tótem —dijo Rajani.

—Entonces, así quedamos, será Bob —confirmó Inés.

Justo antes de desaparecer tras los árboles, el sol iluminó la habitación. Rajani observó las caras de sus amigas bañadas por la suave luz dorada, y sonrió.

—Siempre he querido formar parte de un club secreto o algo así. ¡Como los romanos! No creía que me fuera a pasar nunca. Pero aquí estamos. ¡Soy una Kinra!

—¡Kinra *Girls foverer*! —exclamó Rajani entre risas.

—¡Kinra *Girls forever*! —respondieron las demás a la vez.

La penumbra inundó la habitación 306 y se hizo el silencio. Kumiko encendió la luz y se puso a dibujar un loro. Inés apoyó la cabeza en el hombro de Naïma. «A veces, no hablar también está muy bien», pensó Alexa. Rajani cogió un rotulador. Sobre la lista de vocabulario, escribió: «Tener amigos es ser rico».

Continuará...

Vocabulario

Annin nglelurumi gelane
(en aborigen): ten confianza, amigo.

Atman
(en sánscrito): alma. En la India, el mono es el símbolo del alma.

Bharatanatyam
(en tamil): danza tradicional del sur de la India.

Bora
(en aborigen): ceremonia sagrada de los aborígenes.

Bush
(en inglés): vegetación formada por arbustos y árboles aislados. En Australia, este tipo de vegetación es muy común.

Coconut
(en inglés): coco.

Fashion victim
(en inglés): víctima de la moda.

Flamenco
(en español): música y baile populares procedentes de Andalucía.

Forever
(en inglés): para siempre.

Girl
(en inglés): chica.

Kawa
(en japonés): río.

Mullee Mullee
(pronunciado *muli muli*, en aborigen): espíritu del sueño para los aborígenes.

Namasté
(en hindi): «Me inclino ante ti», forma educada que significa «buenos días, adiós, bienvenido».

River Princess
(en inglés): princesa del río.

See you later
(en inglés): hasta luego.

Sitar
instrumento musical de cuerda indio que se parece a una guitarra.

El masaje ayurvédico

El masaje ayurvédico es un masaje indio.

Su nombre procede de la ayurveda, la ciencia de la vida, medicina tradicional india que aún se practica hoy en día. Se utilizan plantas, masajes

y alimentos para curar, seleccionados por sus beneficios para el cuerpo. Esta medicina existe desde hace más de cinco mil años.

El masaje ayurvédico consiste en masajear todo el cuerpo o ciertas partes con productos naturales, plantas y aceites tibios.

Estos masajes relajan mucho. Eliminan el estrés y mejoran la circulación de la sangre, relajando los músculos.

En la India, forman parte de la vida diaria de mayores y niños. Las madres indias incluso les dan masajes a sus bebés todos los días.

El código Mullee Mullee

Bora = reunión secreta

Borakawa = encuentro en el molino

0% = Cuidado, las plastas están cerca

La presencia de un accesorio (bandera, estrella, flor...) indica el inicio de una palabra.

La Academia Bergström

Las **Kinra Girls** son cinco chicas de cuatro rincones del mundo: **Kumiko**, la japonesa, **Inés**, la española, **Naïma**, la afroamericana, **Rajani**, la india y **Alexa**, la australiana. Se conocen en la Academia Bergström, un colegio internacional que acoge a alumnos brillantes de todo el mundo.

¡NO TE PIERDAS LAS AVENTURAS DE LAS KINRA!

Índice

Los establos
El kiosko y el laberinto
El circo
La Academia Bergström
B